51

Lb 1004.

ESQUISSES

SUR LES

CIRCONSTANCES

ACTUELLES,

Par M. P** C**.

PRIX : 50 CENTIMES.

MARSEILLE,

CHEZ LES PRINCIPAUX LIBRAIRES.

1831.

ESQUISSES

CIRCONSTANCES

ACTUELLES.

Une brochure ajoutée aux cent mille qui nous inondent a de quoi fatiguer le public : celle que je publie aura le même sort; malgré l'espoir qu'elle puisse être de quelque utilité, je ne me fais point illusion, et, tout en la publiant, je sens que je ne fais qu'ajouter le denier de l'orphelin, le seul que je possède, à la masse imposante du bon sens commun.

Je me suis adressé à un journal qui est le plus répandu à Marseille, à cause des annonces maritimes, et des publications légales; mais les portes de ses presses m'ont été fermées par la raison que je ne suis pas de la couleur exagérée qu'il a adoptée. En temps de révolution, il faut hurler avec les loups, ou courir le risque d'en être mordu. Déclamateurs contre la censure, c'est ainsi qu'ils en établissent une qui, par le fait, n'est rien moins que l'autre. « *Tais-toi pour que je puisse moi seul parler;* » voilà le langage de ces messieurs, qui ne comprennent pas que c'est du choc des opinions honnêtes, raisonnables, que la lumière peut uniquement rejaillir.

C'est le propre des grandes commotions sociales de donner naissance à des mots spécieux que les partis adoptent, dont ils s'emparent, et les plus hardis s'en constituent en quelque sorte les porte-guidons. Il en a été ainsi au commencement de nos troubles, et personne n'en ignore les effets déplorables. Maintenant nous en sommes aux deux désignations banales de *juste-milieu* et de *mouvement*.

Qu'est-ce que le *juste-milieu?* Ce serait bien difficile à le désigner, car le parti opposé en a tranché la question en supposant que ceux qu'on désigne ainsi ne sont que des stationnaires incapables ni d'avancer ni de reculer.

L'on entend par *mouvement* les hommes qui veulent porter le principe révolutionnaire à sa dernière expression. Ils sont suivis par tous ceux qui tiennent à l'exaltation des idées et à l'entraînement des innovations : ils ont par-devant eux la grande majorité de la nation, qu'ils ne cessent d'inquiéter par leurs violences, les menaces de guerre et les grands projets de réforme universelle. Que si quelqu'un parmi cette majorité ose faire quelque observation, on lui crie sur-le-champ : *juste-milieu! paix à tout prix!* Cependant cette majorité, douée d'un bon sens-commun, animée d'intentions plus douces et d'une connaissance plus approfondie de l'histoire des peuples et des conditions essentielles de la civilisation, ne veut que ramener l'intérêt public aux idées de justice et aux théories légales, sur lesquelles il faut bien s'appuyer lorsque l'on veut s'appuyer sur quelque chose. En vain cette majorité leur fait observer que dans la nature, aussi bien que dans la société, rien ne se fait par sauts et par bonds; que la marche du siècle est lente, mais éminemment progressive, ayant pour elle le temps, qui finit toujours par triompher. En vain on les fait

réfléchir sur les obstacles simultanés tentés en France,
au dedans par l'aristocratie, la démocratie et le despotisme, au dehors par les coalitions des rois, visant
tous à arrêter cette marche silencieuse, mais irrésis-
tible. Enfin, c'est en pure perte qu'on leur crie que,
si l'on pousse cette marche, au lieu d'atteindre le but,
l'on ne fait que l'ajourner par des perturbations incessantes.

Mais l'on méprise ces observations, on les traite
de surannées. Il faut marcher, et marcher en poste
au risque de se casser le cou. On dirait qu'ainsi con-
sidéré, ce mouvement n'est que le mouvement péris-
taltique des instestins prêt à se changer en lienterie
politique.

Des critiques furibondes et sans fin ont été faites
contre les différens ministères qui se sont succédés
en France depuis la mémorable révolution de juillet;
mais personne n'a songé à en saisir le but politique
pour pouvoir en juger.

Une pensée unique et pour ainsi dire initiative a
dominé sur ces ministères : en vain quelque opinion
isolée a tâché, dans leur composition même, de la
combattre et de la contrecarrer; forte d'elle-même,
elle a poursuivi son cours dans sa marche silencieuse.

Or, quel est ce but prédominant ? C'est l'union des
deux plus grandes nations de l'Europe, la France et
l'Angleterre. Soit par l'effet d'un hasard heureux, soit
par la puissance mystérieuse de la marche des choses,
un souverain éclairé est monté sur le trône britannique, en se prêtant à cette grande mesure. Mais ni l'a-
vénement de ce prince, ni les circonstances qui l'ont
suivi n'ont pu éloigner les obstacles à cette fusion
existans dans l'une et l'autre nation.

En France, une frénésie de mesures extrêmes, ap-
puyée par des émeutes exécutées par des Séides et

provoquées par des Mahomets ; frénésie aveuglée au point de ne pas reconnaître l'hypocrisie d'un troisième parti qui n'embrasse la liberté que pour l'étouffer.

En Angleterre, un penchant plus que déterminé pour les systèmes rétroactifs. Froide et indifférente pendant deux années aux hautes questions européennes, l'Angleterre semblait paralysée par la fermentation de l'Irlande ; mais l'Angleterre, en l'émancipant, s'est émancipée elle-même. Les bienfaits de cet affranchissement, préparés d'avance et conçus par un homme supérieur, ont été mis en exécution par l'heureux Wellington ; car une fortune aussi bizarre que capricieuse, en lui accordant tous les à-propos, semble se complaire à démentir son insuffisance et le réserver, comme Pompée, à paraître le dernier sur les champs de bataille, pour y recueillir les honneurs de la victoire.

En attendant, vainqueurs et vaincus, les Anglais se regardent encore, tout étonnés par la grandeur de la mesure adoptée.

La réforme électorale a suivi la solution de ce grand problème : elle sera résolue de même. La vieille constitution britannique est là pour protéger les uns et les autres ; mais elle ne peut, malheureusement, empêcher une résistance opiniâtre opposée aux efforts de l'état, tendant, comme les liquides, à se niveler.

Or, l'on n'a tenu aucun compte de cette résistance. « L'Angleterre nous joue, elle nous trahit ; » voilà ce que des têtes plus ardentes que raisonnées ne cessent de nous répéter.

L'on s'obstine à regarder l'aristocratie anglaise d'après la nôtre : abattue par Richelieu, tremblante sous Louis xiv, déconsidérée sous le duc de Choiseul, la révolution en a fait justice ; elle n'a plus que des regrets et des exigences stériles. Mais l'aristocratie

anglaise, placée entre le roi et le peuple, est toute-
puissante : elle étend une main sur le premier et un
pied sur l'autre ; sa force est cimentée par la recon-
naissance invétérée de la nation, qui lui attribue
l'immense bienfait de sa régénération politique. C'est
en se pénétrant de cette considération que l'on peut
s'expliquer les ménagemens du ministère anglais : il
s'est bien gardé d'imprimer à sa politique le train ac-
céléré réclamé par les radicaux qui ont tant d'échos
parmi nous. En le faisant, il n'aurait fait que provo-
quer un accroissement d'irritation dans les rangs de
ses nombreux adversaires. Force a été de louvoyer
en présence de la question belge et de la sainte cause
polonaise. De là la nécessité d'opérer de concert avec
des puissances hétérogènes, la Russie, la Prusse et
l'Autriche. De là aussi les aberrations apparentes de
la politique anglo-française, et la douleur de voir le
géant du nord verser de l'eau-forte sur un peuple de
fer qui court le risque d'en être rongé.

Mais les destinées changent. La Belgique, malgré
les emportemens de ses énergumènes, a tenu ferme
et revient aux idées d'ordre et de modération : elle
a compris que sans barrières naturelles, sans une
population suffisante, avec une armée pas même assez
forte pour soutenir les garnisons de ses places, elle
n'aurait jamais pu se maintenir contre les attaques de
ses voisins. Elle a pris le bon parti de se jeter dans
les bras d'un prince qui, par ses rapports avec une
des deux puissances les plus pondérantes de l'Europe,
peut en garantir l'existence.

« *Mais ne voyez-vous pas que l'Angleterre nous a
joués, qu'elle n'a visé qu'à se ménager une tête de pont
par Ostende et Anvers, afin de pouvoir se mêler aux
querelles continentales ?* » Comme si elle ne possédait
pas mille moyens de le faire partout ailleurs où bon

lui semblera ! Sans doute que la réunion à la France
aurait été préférable à l'une et à l'autre nation. Le
cours de la Meuse nous aurait donné des places fortes
dans Givet, Némours, Maëstricht et Vanloo. La France
n'aurait plus été obligée d'avoir recours à l'étranger
pour le dixième du blé nécessaire à sa consommation,
et ses vins en auraient compensé l'échange. Mais fal-
lait-il pour cela faire de la Belgique la nouvelle Hé-
lène d'une conflagration générale ? La haute sagesse
de notre roi en a pensé autrement. En attendant, les
irritations se calment. M. Peel, coryphée de la caste
anglaise, fait de l'Iliade le prophète du malheur.
Et c'est bon signe, lorsqu'un parti en est aux jé-
rémiades !

En France, quelques énergumènes font de l'en-
thousiasme à froid, tantôt pour la république, tantôt
pour le jeune Astyanax de l'empire, censé être quelque chose parce qu'il est le fils d'un grand homme;
comme si, à cause de l'hérédité, il devait en être un
lui aussi, malgré l'expérience qui nous a montré qu'un
génie n'est suivi d'ordinaire que par la médiocrité.
César n'a eu qu'un marmot pour successeur, et le
grand Cromwel qu'un être trois fois plus que timide.

Des têtes que l'on croit profondes, tandis qu'elles
ne sont que creuses, ne cessent de nous objecter
l'exemple d'un peuple éloigné de deux mille lieues de
nous, c'est-à-dire de la saturation de la civilisation,
régi par un système fédératif qui fourmille de vices
et qui ne tiendrait pas vingt-quatre heures parmi nous.
L'on attribue à ce système ce qui ne tient qu'aux habitudes de la nation, au patriotisme qui la caractérise.
L'on a fait sonner bien haut ce qu'on appelle le pro-
gramme de l'hôtel-de-ville : « *Je suis républicain* (a dit
M. de Lafayette), *et je regarde la constitution des
Etats-Unis comme la meilleure du monde.* »

A quoi répondit une haute sagesse : « *Il est impos-*
sible d'avoir été deux ans en Amérique et de ne pas être
de la même opinion ; mais croyez-vous sérieusement,
dans la situation de la France et d'après l'opinion géné-
rale, qu'il convienne de l'adopter ? »

« *Non* (réplique l'autre) *, mais il nous faut un trône*
entouré d'institutions républicaines. »

Personne n'a songé à la profondeur de la remarque
de l'auguste interlocuteur. Cependant, en disant que
cette constitution bonne pour l'Amérique ne vaudrait
rien pour la France, il s'est exprimé comme Solon :
« J'ai donné aux Athéniens non pas les meilleures
» lois, mais celles dont ils sont susceptibles. »

L'on s'est enthousiasmé pour la proposition , en la
regardant comme la découverte de la grande inconnu-
nue , sans même se souvenir qu'elle n'est que la pa-
rodie d'une autre expression fameuse qui fit fortune
en 89, « *Il faut à la France une royauté démocrati-*
que, » commentée par les journaux et malheureusement mise en pratique par nos premiers législa-
teurs.

Royauté *républicaine* , royauté *démocratique* , sont
des synonymes, des termes qui jurent ensemble. Qu'il
me soit permis de répéter ce que j'ai dit dans un autre
écrit : « La France a été république , mais sans être
républicaine ; elle n'a eu que la durée de la violence ,
et une triste expérience nous a prouvé que c'est folie
que de prétendre faire par des lois ce qui ne peut
être fait que par des mœurs : la faiblesse des pre-
mières et la puissance des autres ont été constatées. »

Je connais le respect que l'on doit à un grand âge ,
et personne plus que moi n'en professe pour M. de
Lafayette ; mais sa probité individuelle et un honorable caractère ne suffisent pas pour marquer l'intervalle
immense qui sépare l'homme supérieur du vulgaire,

pour ainsi dire, des honnêtes gens. Je sens qu'en s'exprimant ainsi sur un homme dont on s'est engoué, l'on s'expose à la fureur des partis. Je remue un feu couvert à peine par des cendres ; mais l'embrasement qui pourrait en résulter ne sera jamais une raison. « *Il a toujours été conséquent avec lui-même, il n'a jamais dévié de ses principes, jamais il n'a changé d'opinion ;* » mais cette opinion, tout en étant fixe, est-elle bonne, incontestable ? Voilà la question ; car la fixité matérielle des idées n'a d'autre mérite que celui de la montagne de Notre-Dame-de-la-Garde, qui est toujours montagne.

Du zèle et un empressement infatigable, une conduite pleine de noblesse, voilà ses qualités infiniment honorables ; car je me garderai bien de lui faire un crime du sommeil auquel il s'abandonna au milieu d'une grande tourmente : sa probité incontestable en exclut même l'ombre du soupçon ; je n'ai vu dans ce sommeil que l'effet physique d'une grande lassitude.

Il passa ensuite au commandement en chef d'une armée ; mais il dut bientôt après en déserter le poste, et pourquoi ? Par l'effet de la préférence malheureuse donnée à une royauté démocratique ; tant il est vrai qu'en élançant un tonneau sur le sommet d'un plan incliné, rien n'est plus difficile que d'en arrêter la chute descendante.

Maintenant, où sont-elles les grandes actions et quelque fait qui s'approche du chapeau de Marengo ou de celui d'Hohenlind ? Je vois l'homme de l'engouement, mais non pas le grand homme.

L'on s'apitoie sur sa grandeur démissionnaire sans tenir aucun compte de l'impossibilité de conserver un généralissime des gardes nationales du royaume ; charge que des circonstances extraordinaires seules

ont pu momentanément admettre , mais qui dans le
fait était une absurdité , un véritable despotisme , ce
généralissime n'étant pas le roi lui-même , ni un ministre , et par conséquent n'étant nullement soumis
à la nécessité d'un contre-seing comme roi, ni comme
ministre à la responsabilité ministérielle.

Noble et calme dans son discours à la tribune , il
a rendu lui-même justice à une détermination dictée
par la constitutionnalité : son langage a été plein de
réserve et de dignité. Mais bientôt les factions se sont
emparées de cette démission ; l'on y a vu un géné-
ral frappé de disgrace ; et celui-ci , emporté dans le
tourbillon des criailleries, a cru faire des adieux aux
gardes nationales , jouant en quelque sorte dans un
dépit concentré le rôle de Charles v au monastère de
de Saint-Just, occupé d'abord de la grandeur de son
abdication ; tourmenté ensuite par l'ennui de la soli-
tude claustrale.

Lord Grey et Brougham sont des hommes d'un
talent supérieur et d'une conduite politique qui ne
s'est jamais démentie. L'on peut en dire autant de
ceux qui sont à la tête de notre ministère. Quinze
ans d'une vie irréprochable , des combats soutenus
corps à corps avec les soutiens d'un système déplorable , combats dont le courage égalait les dangers :
eh bien ! ces quinze ans sont effacés dans un instant ;
et par qui ? par une opposition bâtarde et lâche , car
où sont-ils les périls dont elle est entourée ? « *Périer
nous vend ; c'est un traître à jeter aux gémonies.* »
Déclinez-en une raison. Mais l'on répète les mêmes
contumélies , et l'on crie plus fort encore.

L'honorable M. Lafitte, d'intentions aussi pures que
celles de M. Périer, a été l'objet de plus absurdes im-
putations. C'est ainsi qu'au pied de l'escalier qui mène
aux ministères, une tourbe désorganisatrice poursuit

par ses hurlemens ceux qui montent et par des accla-
mations ceux qui en descendent. Malheur à celui qui,
au milieu de ce vacarme, ose parler raison et prendre
la défense des réputations les mieux établies ! Je sais
qu'on ne m'épargnera pas les titres de courtisan et de
ventru. Valets-de-chambre d'une fausse liberté ; je
vous réponds en prenant par-devant le public l'en-
gagement formel de n'accepter la moindre faveur du
ministère sans forfaire à mon honneur.

Comment gouverner au milieu de tant d'aberrations, d'émeutes et de perturbations incessantes ? Des
journaux de la capitale, *la Tribune*, *la Révolution* et
consorts, ne reproduisent-ils pas ceux de Marat et
du père Duchêne ? Des suppositions qui seraient atro-
ces si elles n'étaient pas ridicules ne souillent-elles
pas sans cesse ces feuilles ? Satellites décolorés de
ces journaux, les nôtres répètent les mêmes choses ;
et, dans une correspondance de caillettes et de com-
mérage que *le Sémaphore*, par exemple, prétend nous
donner comme un oracle, l'on torture chaque mot
pour prôner les menaces d'une guerre universelle, en
ajoutant ainsi à l'exaspération des partis et au discré-
dit du gouvernement.

Que si l'on approfondit un peu les plates injures
de ces gazettes secondaires, quelle est la cause qu'on
en trouve ? Quelques pitoyables tracasseries avec un
préfet, qui n'ont pas été compensées par rien moins
qu'une direction des postes aux lettres.

« Fidèles à leurs principes, les deux ministères an-
glo-français ajoutent chaque jour de nouveaux liens
à leur union intime. Le bon génie de deux nations
semble l'avoir emporté, en se fondant sur la vérité
et la réciprocité des intérêts.

« Les puissances du nord en ont frémi, sachant bien
que sans le concours de l'Angleterre il n'y a point de

coalition possible contre la France ; l'or anglais en
est le levain, sans quoi la pâte coalisante ne fermente
pas et ne peut nullement se lever. En désespoir
de cause, l'une d'elles a fait quelques démonstrations
hostiles, dans l'espoir qu'il y aurait contre-coup
dans la caste influente de l'Angleterre. La politique
anglo-française a prévu le but et a su y résister. C'est
peut-être un des plus beaux traits de sa prévoyance,
tandis que les impatiens n'y ont vu qu'*une paix à tout*
prix. La fermeté du cabinet anglais et la pose de la
France prête à tout événement en ont imposé. La
crainte s'est assise sur le canon de l'armée provo-
catrice, et celui qui devait le faire détonner a été
le premier à en éprouver le sentiment de l'épou-
vante.

Découragée dans ses tentatives, la caste anglaise
exploite de nouveaux troubles en Irlande : le fana-
tisme religieux lui en facilite les moyens ; mais le
cabinet britannique saura en maîtriser les effets et
veiller à la conservation des bienfaits de l'affranchissement.

Maintenant, réfléchissons un instant aux suites
d'une guerre d'agression de notre part. Le système
si péniblement élaboré se serait écroulé sur-le-champ.
La conflagration d'un embrasement universel aurait
inévitablement emporté dans son tourbillon le ministère anglais. Un homme d'une lueur sinistre en aurait repris la direction. Nous aurions perdu nos alliés
déclarés et ceux qui sont prêts à le devenir. Point
de neutralité d'aucune part, pas même de la Suisse,
qui n'est qu'un vain nom, malgré l'autorité de grosses
épaulettes que quelques militaires lui aient donnée.
Cette neutralité nous serait plus nuisible qu'utile ;
car, dans l'offensive, elle ne nous permettrait pas
de nous porter, avec la rapidité de l'éclair, du lac de

Constance à Bâle; et dans la défensive, elle nous empêcherait tout mouvement de flanc sur les armées autrichiennes débouchant de la Souabe et de l'Italie. D'ailleurs, les routes du Simplon, du Saint-Gothard et de Coire donneraient à l'ennemi tous les moyens de déverser ses forces du Tyrol dans les vallées du Rhône et du Rhin.

Notre commerce anéanti, l'industrie paralysée, des millions d'ouvriers réduits à l'aumône, nos ports bloqués et peut-être incendiés; un surcroît de contributions écrasantes; des emprunts et des requisitions de tout genre; le sang de nos enfans prodigué au dehors et dans l'intérieur; voilà les résultats d'une guerre de propagande: sans vouloir comprendre que c'est notre union, notre prospérité qui peuvent seulement faire pâlir les despotes et rendre notre exemple épidémique pour l'Europe.

Le système suivi à quoi vise-t-il? A rendre la France libre sans être anarchique, calme au dedans pour être forte au dehors. Or, peut-on balancer entre ces deux systèmes? Faudra-t-il donc avouer que la vivacité gauloise a toujours de l'empire en France et que, frivole ou extrême, elle nous rend impropres aux combinaisons politiques?

Vous voulez la liberté; mais elle est en France plus que partout ailleurs; elle est dans l'air qu'on y respire, dans tout ce qui nous entoure. Flambeau qui éclaire les facultés intellectuelles, sentiment lorsqu'elle s'associe aux mouvemens de l'ame, cette liberté marche avec le temps qui passe, sans passer elle-même. Voyez ce qu'elle a fait chez nous en moins d'un demi-siècle. La France a prêté une main secourable à cette liberté, d'abord à son enfantement dans la jeune Amérique, ensuite à sa renaissance parmi les ruines de la vieille Grèce; et c'est dans l'intervalle

de ces deux délivrances qu'elle a fondé chez nous notre régénération politique. Comment ne pas reconnaître que la première pierre d'une nouvelle diplomatie
est jetée entre peuples et peuples, supérieure et plus
vivace que les protocoles et les actes paperassiers de
nos congrès ? Mais, encore une fois, si nous pré-
tendons pousser la marche impénétrable des choses,
nous retardons les effets de cette diplomatie, nous
empêcherons qu'elle grandisse et puisse se consoli-
der. N'oublions pas que la liberté ne coûte jamais un
sacrifice à l'ordre public sans courir elle-même un
danger.

Cessons de nous enrégimenter sous des bannières
qui ne peuvent nous conduire qu'à l'état de Guelphes
et de Gibelins. Soyons unis pour devenir invulnéra-
bles ; faisons des vœux pour qu'une diplomatie forte,
mais plus fortement raisonnée, domine dans notre
chambre élective. Que tous les intérêts soient re-
présentés, que la chambre des pairs ait son caractère ;
malheur à la France si la même démocratie y domi-
nait ! Nous retomberions bientôt dans la chambre
unique de la constituante. Une perturbation funeste
serait portée dans les principe fondamental des trois
pouvoirs, inconnu aux anciens, chef-d'œuvre de
la civilisation moderne, qui régit dans une fusion
heureuse tous les intérêts sociaux. Je ne prétends
pas faire le publiciste, car je ne suis tout au plus que
le paysan du Danube ; mais je me demande parfois
qu'est-ce qu'un gouvernement représentatif ? Trois
pouvoirs en discussions incessantes. Que si on les
réduit à deux seuls, le monarchique et le démocratique, qu'en résultera-t-il ? Les nations sont comme
des individus qui disputent. L'on épuise bientôt le
formulaire des égards. La politesse prête en vain son
vernis aux emportemens inévitables. Des énergumènes

surgissent avec leur talent déclamatoire et les fumées d'une imagination en délire. L'on finit alors par avoir recours à la force et à la violence. C'est ainsi qu'entre deux êtres, dont celui-ci dit *je veux* et celui-là *je ne veux pas*, si un troisième pouvoir ne s'interpose pas, la question est bientôt résolue : l'un d'eux doit pour le moins absorber l'autre.

Ces réflexions nous amènent naturellement à la grande question du jour, l'hérédité de la pairie, dont l'on a poussé le délire jusqu'à prétendre que la décision dût en précéder la discussion. C'est sans doute bien déplorable que la chambre de 1830 ait manqué de prévoyance en la laissant indécise. Supprimez cette hérédité, et vous donnerez au pouvoir exécutif une influence dangereuse : la pairie en sera l'esclave.

« *Mais* (répondra-t-on) *nous ne voulons pas détruire la pairie, nous en repoussons seulement le privilége. Les pairs seront nommés par les électeurs. Le mérite seul doit conférer la pairie, et non pas le hasard de la naissance.* »

On ne demande que cela, mais pour le moment. En attendant, l'on efface la représentation de la haute propriété; l'on altère l'équilibre des trois pouvoirs. Bientôt le trône manquera d'un appui nécessaire pour contrebalancer la force immense de la chambre élective, et la plus puissante des barrières qui protègent le peuple contre les empiétemens du pouvoir sera anéantie. Ce dernier sera bientôt attaqué; et, en parcourant une seconde fois le cercle vicieux de nos premiers égaremens, nous y retomberons de nouveau pour passer à l'anarchie et au despotisme.

Donnez des limites à la nomination des pairs; excluez le népotisme et la ligne collatérale; que les grandes illustrations nationales y soient appelées de droit. N'oublions pas qu'une monarchie limitée est le seul régime qui puisse s'harmonier avec les intérêts de la France, ses habitudes et son vaste territoire. La liberté de la presse, le jury, une armée assez forte pour protéger le pays, contrebalancée par l'institution sublime de la garde nationale, qui nous garantit des strelitz et des janissaires : voilà les meilleurs moyens pour contenir la tendance des autorités supérieures et forcer le privilége à garder ses limites.

P. G,

FIN.

Marseille. — Typographie de Commerce d'Honoré TERRASSON, rue Vacon, n. 53.